T0043704

BREVE MANUAL DEL PERFECTO AVENTURERO

TÍTULO ORIGINAL
Petit manuel du parfait aventurier

Donceles 66, Centro Histórico
C. P. 06010, Ciudad de México

Breve manual del perfecto aventurero
ISBN: 978-607-9409-73-9

Primera edición: junio de 2017

Diseño de interiores y composición: Sergi Gòdia

PIERRE MAC ORLAN

BREVE MANUAL DEL PERFECTO AVENTURERO

TRADUCCIÓN DEL FRANCÉS
DE JUAN MANUEL SALMERÓN ARJONA

Jus

I
PRÓLOGO

Parece evidente que los jóvenes de hoy sienten cierto desprecio por la literatura de aventuras. Los adultos pueden, pues, aconsejar tranquilamente a los adolescentes a su cargo que lean novelas de aventuras que, por otra parte, ellos tampoco leerán.

A nuestro juicio, lo anterior se debe a que la picardía y la perversidad se han desterrado, nadie sabe por qué, de esa clase de libros, de modo que los jóvenes prefieren leer novelas de amor *a la francesa* —esto es, llenas de adulterios— o libros de aviación —que pueden dejarse en manos de cualquiera.

Es fácil, en efecto, comprobar que los autores de novelas de aventuras se caracterizan por una afición a la castidad que hoy en día resulta incomprensible. Pese a que en sus libros abundan las islas desiertas donde los náufragos se dedican a las más variadas tareas de supervivencia, pocas veces aparece una mujer, ni aun de índole dudosa.

Sin duda, la presencia de una mujer entre las víctimas de una catástrofe náutica lleva a evocar imágenes tan explícitas, como las de ciertas estampas japonesas que a nadie recomiendo ver. Si combináramos con medida un poco de ese escabroso espíritu médico que hizo famoso el «naturalismo», los yerros de una imaginación pervertida por los caprichos del azar y «la inconstancia de los malos ángeles», por decirlo con Pierre de Lancre, obtendríamos una novela de aventuras de mucho éxito.

Los jóvenes que descubrieran en ella las imágenes prohibidas que sólo hallamos en la clase de novelas que solemos exportar al mundo la leerían con gusto; la hermana seguiría al hermano, y así, por poco que un escritor audaz introdujera una historia picante en la novela de aventuras, este género literario atraería la atención del gran público y volvería a estar en auge.

Este breve manual no quiere engañar a nadie. Por eso nos ha parecido necesario prescindir de la forma novelesca, que, repitámoslo, solamente sirve para enseñar las reglas del adulterio a los adolescentes de ambos sexos con las modificaciones que la moda impone.

Leyéndolo, un joven algo pusilánime y sin una vocación precisa puede convertirse en un aventurero hecho y derecho sin ensuciarse las manos, lo que sin duda es menos absurdo que gemir en prisión por haberse fiado en exceso de la elasticidad de las leyes en materia comercial.

Advertimos que este libro contiene ciertos pasajes —no anticipamos cuáles— que incluso a una imaginación pobre pueden hacerle concebir ideas lúbricas sobre la vida aventurera; sin embargo —y aunque esté destinado a los adolescentes de ambos sexos—, no rebasaremos los límites de cierta decencia, entendamos lo que entendamos por esta palabra que, como todo en este mundo, es de lo más relativo.

II

LAS DISTINTAS CLASES DE AVENTUREROS

Es preciso establecer como un axioma que la aventura no existe: la aventura está en el espíritu de quien la persigue y, al tocarla, se desvanece para reaparecer más allá, transformada, en los límites de la imaginación.

La guerra podía considerarse una aventura, y no necesitamos echar mano de los recursos propios de las vidas imaginarias para saber lo que ha significado cuando nos hemos puesto a ella.

Pero volveremos sobre esta cuestión más adelante. Baste de momento saber que vivir una aventura es, a grandes rasgos, bastante peligroso, pues normalmente no se obtienen sino decepciones y pesares.

Este último consejo va dirigido sobre todo a la segunda clase de aventureros de la que hablaremos en este libro.

En efecto, los aventureros pueden dividirse en dos grandes grupos con numerosas subdivisiones.

El primero podría ser la clase de los AVENTUREROS ACTIVOS y la segunda la de los AVENTUREROS PASIVOS.

Antes de estudiar con detalle estas dos clases de individuos radicalmente distintas entre sí, conviene avisar al lector, sin importar su edad, que siempre es peligroso fiarse de los libros cuyos cuadros pinta y cuyas leyes dicta solamente la imaginación.

Precisamente porque pertenecen al mundo de la especulación imaginativa, los aventureros difuntos ofrecen una amplia garantía de perversión. Los daños póstumos causados por aventureros insignificantes son incontables.

Cuanto más desconocido es el individuo —en este caso el aventurero—, cuantos menos detalles precisos contiene su biografía, más pernicioso es su ascendiente sobre el lector.

Marcel Schwob asumió una pesada responsabilidad al narrar las vidas admirables de algunos aventureros que carecían de interés para sus contemporáneos. Es uno de los escritores venerados por la clase de los aventureros pasivos, y sus devotos se parecen a los del satanismo, que en diversas circunstancias recurren a las invocaciones más sugestivas de la nigromancia.

Los contemporáneos de un suceso, sobre todo cuando éste infringe las convenciones sociales, tienden a generalizar. Esto es un error, pues son los detalles los que permiten reconstruir la atmósfera exacta en la que floreció determinado personaje. El futuro depara a veces historiadores capaces de reconstruir esa atmósfera con más precisión que la que encon-

MARCEL SCHWOB

VIES IMAGINAIRES

PARIS
BIBLIOTHÈQUE-CHARPENTIER
G. CHARPENTIER ET E. FASQUELLE, ÉDITEURS
11, RUE DE GRENELLE, 11
1896

Cubierta de la edición francesa de las *Vidas imaginarias* de Marcel Schwob (1896).

tramos en las memorias de la época. Esto es decididamente peligroso, pues no debemos olvidar que las cosas muertas influyen en los vivos incluso más que el medio donde viven.

Una mala acción nunca muere; al contrario, produce frutos cada vez más abundantes.

Las palabras tienen una importancia oculta para los aventureros. Sin importar a qué clase pertenezca, el aventurero siempre quiere penetrar en el sentido secreto de las palabras. No es posible comprender a esa clase de espíritus sin conocer una jerga. Desde el *jobelin* de François Villon hasta los más modernos neologismos, pasando por el *soudardant* del capitán Lasphrise, los aventureros se han valido siempre de estos dialectos misteriosos.

Un aventurero debe hablar una de estas lenguas y traducir las palabras que empleamos en el habla corriente a la jerga de las gentes de mal vivir a fin de asimilar su sustancia.

Cada palabra en jerga es una «mano gloriosa» capaz de abrirnos las puertas del reino de la aventura.

Marc de Papillon, señor de Lasphrise (1555-1599).

Y la sabiduría de los aventureros ha de expresarse en clave:

> Muchos de los fuñadores,
> triscadores de palabra,
> aquí fingen las pendencias
> para reñir en tablada.[1]

[1] Aquí, el original ponía como ejemplo unos versos en *jobelin* de François Villon. Los hemos sustituido por esta cuarteta de un romance de germanía porque, traducidos, no permitían apreciar la intención del autor. (*Todas las notas son de los editores.*)

III

EL AVENTURERO ACTIVO

A diferencia del aventurero pasivo, el aventurero activo deshonra a la familia más pintada.

Las señales precursoras de tan funesta vocación aparecen ya durante la más tierna edad en forma de eso que las jóvenes madres llaman «chiquilladas» y que los invitados sufren con la paciencia que impone la buena educación.

La infancia del futuro aventurero activo constituye un curioso mosaico de delitos proporcionales al tamaño de su autor. El joven aventurero experimenta, desde la más tierna edad, la inflamación decorativa y el buen color aparente que las frecuentes bofetadas provocan en las mejillas de los iniciados.

Por regla general, el joven aventurero no demuestra en sus inicios una gran perspicacia.

Como aún no es capaz de dominar sus impulsos, sufre en sus carnes las duras enseñanzas del fuego, el agua y la mentira mal calibrada que al final se descubre con el correspondiente escándalo.

Los padres del joven aventurero resumen este conjunto de fenómenos diciendo a todo el mundo: «Este niño acabará en el cadalso».

Estrictamente hablando, esas palabras no significan nada, y más honrarían los padres al joven aventurero si dijeran algo como: «Pablo es un renacuajo, o más bien un tubo de ensayo abierto por sus dos extremos: lo que come sólo a él aprovecha y su inteligencia vale por lo poco que se manifiesta. Nadie sabe, por ejemplo, a qué le gusta jugar de verdad. Prefiere esconderse dos horas con una prima Dios sabe dónde que construir cosas con sus cubos de madera».

Los padres de un futuro aventurero renunciarían a su lugar en el paraíso a cambio de verlo desaparecer sin que ellos fueran responsables. Es, pese a su corta edad y escasas luces, el tipo de mandarín al que se querría matar.[2] Pero su suerte, su salud y el demonio protector de los malos le permiten pasearse impunemente por ese jardín de los suplicios que él transforma a su imagen y semejanza.

EL TRISTE ESCENARIO QUE EL JOVEN AVENTURERO DEJA TRAS DE SÍ

La rana hinchada con una pajita.

Los peces rojos flotando en la superficie con un corcho pinchado en la espalda.

Los abejorros volando por el cielo con un trocito de periódico en el culo.

La mosca sin alas.

[2] «En el rincón más apartado de China existe un mandarín más rico que todos los reyes de que nos hablan las fábulas o la historia. De él nada conoces, ni el nombre, ni el semblante ni la seda con que se viste. Para que tú heredes sus bienes inenarrables, basta con que

El perro humillado.

El gato que, a fuerza de bromas pesadas, pierde su dignidad de animal bien educado.

El grifo de la cocina siempre abierto, con consecuencias desastrosas para los objetos de cobre.

Los robles centenarios pacientemente reducidos a palitos de mikado.

Deterioro precoz de las jovencitas que vienen de visita.

Diversas tentativas de sodomía con ligera tendencia al bestialismo.

Desgaste rápido de los muebles.

Desprecio por los objetos artísticos y los libros.

---

toques esa campanilla puesta a tu lado sobre un libro. Él exhalará entonces un suspiro en los lejanos confines de Mongolia. Será un cadáver y tú verás a tus pies más oro del que puede soñar la ambición de un avaro. Tú, que me lees y eres hombre mortal, ¿tocarás la campanilla?», Eça de Queirós, *El mandarín*.

Gran admiración por los imbéciles de la edad del futuro aventurero.

Desprecio sincero por quienes deben enseñarles buen juicio, matemáticas...

Desgaste rápido del calzado.

Diversas torturas infligidas a la criada. (Este detalle requeriría, por cierto, tratarse por extenso y con muchísimo tacto.)

Autocomplacencia, bulla con amigos de la misma edad, pequeños hurtos sin demasiado riesgo.

Apoteosis: lamentos de la familia y de quienes nada tienen que ver con ella.

Este sombrío cuadro cambia de color con la adolescencia. En ese momento, en fin, el aventurero activo se revela como un perfecto animal.

Sus rasgos esenciales son: falta total de imaginación y sensibilidad; no teme la muerte porque no se la explica, pero sí a quienes son claramente más fuertes que él. El aventurero ama la disciplina: la considera un reposo, una distracción. Es la única forma de arte que puede comprender.

El aventurero activo puede escoger entre un número ilimitado de caminos a seguir, por eso no es fácil clasificarlo. Pero la mayoría de esos caminos conducen a aventuras vulgares. Y es precisamente por esa vulgaridad que ha perdido valor el bonito nombre de *aventurero*. Ha ido a parar a la crónica de sucesos o al folletín. Es justo: pocos aventureros de hoy son dignos de consagración literaria —y no se trata de que nos pongamos a escribir aquí una «historia de los aventureros».

La vida sentimental y combativa de los aventureros activos es monótona, o al menos tiene unos colores que nos resultan demasiado familiares. El marco estrechísimo en el que sus acciones se desarrollan nos ha desvelado ya todos sus secretos. El misterio ha desaparecido de los bares de Belleville, de Montmartre y de los alrededores de la Escuela Militar. Uno no se encuentra por casualidad con lo maravilloso: hay que buscarlo. Ya Jasón, en su día, tuvo que armar una flota para emprender la gran aventura del vellocino de oro.

Hoy en día no es la iniciativa privada la que proporciona mayor número de aventureros activos, sino grupos de individuos sometidos a las leyes severas de una disciplina relativamente rígida.

Tenemos aventureros en la Legión Extranjera y en la infantería colonial. La marina produce muy pocos porque en esa profesión el interés por un salario fijo prima sobre las ventajas de una riqueza incierta que sólo puede conseguirse con ayuda del azar o de la fantasía.

El aventurero precisa tener valor para enfrentarse a otros hombres, pero es un valor muy distinto al del soldado, que lucha sobre todo contra máquinas.

Sir Ernest Henry Shackleton (1874-1922).

Que un hombre de setenta kilos tenga que enfrentarse a un obús del mismo peso es sin duda una de las novedades más tontas de nuestra época. Toda la Gran Guerra se basó en estas proporciones. Aquella experiencia demuestra la inquietante estupidez humana.

En las filas de los aventureros pasivos se cuentan algunos escritores, en su mayoría ingleses o estadounidenses, pues los pueblos de comerciantes son los que más acuden a la fantasía en sus relaciones con eso que llamamos «las exigencias de la vida».

Es difícil escribir una novela de aventuras con las proezas de un funcionario de segundo nivel, pero Jack London, Conrad y otros pueden muy bien hacerlo con sus propias peripecias. Estos escritores, por lo demás, pertenecen a ese género raro y precioso de los aventureros a la vez pasivos y activos.

Como tal elenco excede los límites de un librito concebido con un fin práctico, remitimos al lector a las obras de Jack London, Joseph Conrad, Robert Louis Stevenson, Bernard Combette, Auzias-Turenne, etcétera.

Es evidente, sin embargo, que la dura existencia de un Shackleton tiene para el público de Francia mucho menos interés que los devaneos adúlteros de una persona cualquiera.

IV

EL AVENTURERO PASIVO

El aventurero pasivo se agarra al brazo de su sillón como un capitán de crucero a la baranda de su puente de mando. Por él y solo por él hemos escrito este libro. Nos agrada su conducta apacible: nos permite explicar su forma de vida incluso a los más timoratos.

El aventurero pasivo es sedentario. Detesta el movimiento en todas sus formas, la violencia vulgar, las matanzas, las armas de fuego y cualquier clase de muerte violenta.

Detesta estas cosas si le atañen, pero su imaginación las evoca amorosa e ilusionadamente cuando quien las protagoniza es el aventurero activo.

El aventurero pasivo sólo existe porque parasita las proezas del aventurero activo.

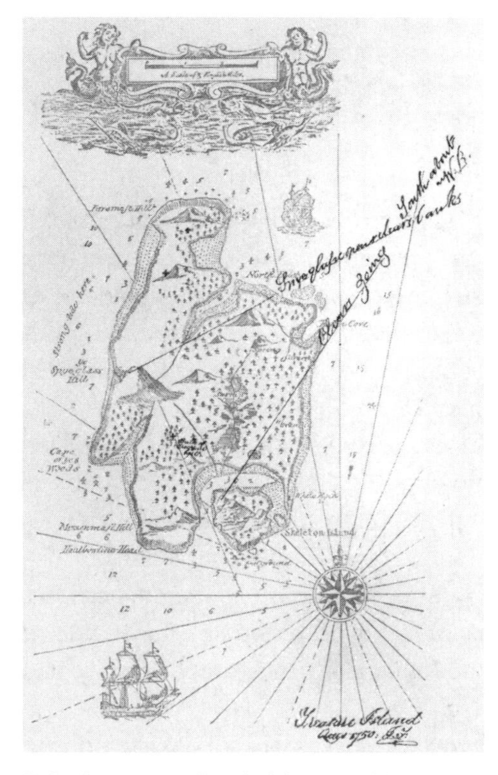

R. L. Stevenson, *La isla del tesoro* (1883), mapa.

EL AVENTURERO PASIVO

Todos los aventureros activos tienen un doble pasivo al que, por lo general, no conocen.

El aventurero pasivo se alimenta de cadáveres. En el silencio de un gabinete cerrado a cal y canto, despedaza los cuerpos de los aventureros que cuelgan de las horcas en Charlestown y en el muelle de las ejecuciones de Londres. Entre su personalidad y la del capitán Flint, muerto en Savannah, fluye una corriente continua. El pirata ingenuo y cruel revive en el espíritu de quien le procura una inmortalidad con la que jamás había soñado.

Sin el aventurero pasivo, el aventurero activo no sería nada. Este último compra su gloria sacando las castañas del fuego. Y el juego, incluso en sus momentos más duros, vale la pena.

El capitán Kid pudo emprender su gran aventura por la mar océana porque Marcel Schwob, doscientos años después, iba a fijar imperecederamente su figura, antes borrada por la espuma de las olas y la indiferencia del tiempo.

El aventurero pasivo debe gozar de una fortuna o, a falta de ella, de una situación económica holgada que le permita ignorar las dificultades de las existencias mediocres.

Instalado en una casa cómoda cual hueso dentro del fruto, el aventurero pasivo dejará que vengan a él las gestas anónimas de quienes, guiados por una mala estrella, se entregan a las fatigas de la aventura. Clasificando metódicamente esas gestas, experimentará la dulce angustia de los escalofríos sin mañana, pues en materia de aventura el mañana siempre es siniestro o, por lo menos, deprimente.

Con las grandes penas de los hombres de acción, los sedentarios se procuran infinidad de pequeños y delicados goces cuyo conjunto da un agradable calorcillo al banquete de la vida.

La infancia del aventurero pasivo debe ser estudiosa y no parecerse ni remotamente a la de su doble. Por razones de equilibrio, podría describirse así:

Humanidades concienzudas (textos que convendrá releer en el futuro).

Relaciones decentes con el personal femenino de la casa.

Sueño regular.

Buen apetito.

Discreción en el mentir.

Culto a la sensibilidad.

Absoluta falta de lo que llamamos sentido moral.

Respeto a las tradiciones y la disciplina.

Horror a los juegos violentos y el deporte en general (en la práctica, pues desde el punto de vista teórico el aventurero pasivo debe ser un deportista muy bien documentado).

No es necesario que sea obeso.

Erotismo literario (en la práctica, relaciones normales con las mujeres).

No saber nadar.

Poder escribir la palabra *jovencita* en veinte lenguas.

Morderse las uñas.

Saber tocar al acordeón algunas canciones marineras.

Hablar con fluidez de lo que no se conoce.

TENER UN AMIGO CRÉDULO AL QUE TRANSFORMAR EN UN AVENTURERO ACTIVO.

V

CÓMO CONVERTIRSE EN UN AVENTURERO PASIVO

El papel del aventurero pasivo, que tiene todas las garantías de la seguridad, es, pues, el único que en conciencia podemos aconsejar al lector.

Le permite vivir aventuras maravillosas sin sufrir sus inconvenientes y lo mantiene a salvo de castigos divinos y humanos.

Como hemos dicho en el capítulo anterior, las señales precoces que permiten reconocer a un aventurero pasivo desde la cuna son bastante vagas.

Pero, si consideramos la aventura pasiva un arte, es preciso admitir que los futuros iniciados deben poseer algunas dotes naturales. Éstas habrán de ser cultivadas y puestas a punto mediante una gimnasia intelectual que supone ejercicios diarios y, sobre todo, un metódico entrenamiento de la imaginación. Ya veremos más adelante lo que podemos esperar de la imaginación.

Con la aventura pasiva sucede como con todos los vicios.

Un detalle, una idea, un espectáculo cualquiera, un palabra oída, una imagen atisbada en la infancia de un joven predestinado bastan para determinar esta profesión, que, como todas las depravaciones del espíritu, tiene su origen en los hechos más vulgares.

Como el fetichismo de los enamorados, la aventura pasiva bebe en las fuentes más misteriosas de nuestra personalidad.

Los libros de aventuras son peligrosos. Exceptúo los de Julio Verne, que, carentes por completo de arte y de sensibilidad, no pueden seducir más que a los aprendices de botánico. (La tierra, vista por Julio Verne, es como un inmenso jardín botánico donde todos los animales llevan su etiqueta al cuello y todas las plantas tienen su ficha en francés y en latín con el número correspondiente del herbario.)

Estos libros permiten que la imaginación vague sin traspasar los límites permitidos. A partir de cierta edad, sólo se los lee en el hospital o en la cárcel.

Pero el mal perverso no siempre tiene su origen en los libros. Los viajes —para variar—, y sobre todo los de vacaciones hechos en la pubertad, dejan huellas profundas en el cerebro del candidato a aventurero pasivo.

Este joven amará una ciudad como se ama a una mujer. Unos años antes de la guerra podía haber amado Bayona, por ejemplo, como se ama a una bella joven provinciana en la época en que brotan los primeros sentimientos eróticos. Bayona, con su ciudadela y sus soldados de pantalón rojo recostados en la hierba, bajo un sol digno de Caracas, con una violeta entre los dientes. Pasado ese día iniciático, el joven aventurero pasivo habrá obtenido:

El recuerdo de los perfumes.

Un buen cuaderno de canciones.

Los colores fundamentales de la atmósfera de una novela de aventuras.

Provisto de estos tres elementos, y sensible como una placa de gelatinobromuro de plata, el adolescente estará listo para emprender la gran aventura marina, ésa que puebla los rincones más íntimos de la biblioteca con una multitud de larvas de la mejor calidad: gusanos marinos exóticos y septentrionales.

El sedentario se permite entonces abrir las compuertas de la inquietud. Fumando su pipa, este hombre honrado comete crímenes exclusivamente imaginarios mientras, con la punta del dedo, rescata la primera mosca primaveral que, torpe, ha caído por accidente en un vaso de agua.

VI
SOBRE EL PAPEL DE LA IMAGINACIÓN

La gran animadora del aventurero pasivo es la imaginación: ella domina ese desorden, más aparente que real, que caracteriza el cerebro de este hombre amable, lugar atestado de muebles, de prendas, de armas y de instrumentos curiosos que puede compararse con la tienda de un chamarilero o de un anticuario.

El cerebro de un aventurero pasivo debe estar lleno de objetos raros, como de baratillo, pues de allí deberán salir los paños con ingenuos motivos florales que ofrecerá a los salvajes de los países nuevos a cambio de enfermedades contagiosas más duraderas que el tinte de esos paños. No deberá menospreciar lo que se puede extraer de los venenos más sutiles y más literarios: el vino, el opio, el tabaco, el alcohol de los bares —que tanto le gustaba a Jack London—; incluso el amor, siempre burlesco, siempre trágico, que, sin embargo, jamás deberá considerar un medio serio para llamar la atención del público.

Aunque es un pervertido de nacimiento, el aventurero pasivo no es por ello menos púdico: nunca revelará sus secretos de familia. Y el amor es un secreto de familia. Los amantes son siempre débiles y ridículos; un libro de amor, si no está lleno de obscenidades, sólo puede disminuir la combatividad de un hombre y, en consecuencia, el mínimo respeto que el lector ha de tenerle siempre al autor de la novela que está leyendo.

Las palabras insensatas y las puerilidades que un hombre forzosamente dice a la mujer a la que ama son su propiedad privada, y ningún novelista debería explotarlas.

El aventurero pasivo que valore la imaginación y la capacidad del novelista para componer tramas debe apartarse de este camino: no debe pensar en la mujer más que desde el punto de vista decorativo. En una novela de aventuras, ésta debe ser como el pez volador disecado que cuelga del techo en un bar de marineros de un muelle del Támesis.

Nada de esto impide que un aventurero pasivo ame a su mujer y a sus hijos, pero en cualquier caso ése es un asunto que sólo a él incumbe.

El aventurero pasivo deberá vivir siempre —y solamente— de su imaginación. Por tanto, ha de procurar que los recursos de ésta sean inagotables enriqueciéndolos cotidianamente mediante investigaciones en todos los campos del saber.

Para poner a prueba sus impresiones tendrá a su disposición varias piedras de toque. Entre ellas podemos mencionar:

EL MAR.

LOS SOLDADOS.

LOS MARINEROS.

LOS CABARETS.

ALGUNAS CLASES DE NAVÍOS.

Todo lo demás no son sino asociaciones de ideas y trasposiciones que parten de estos cinco valores de dominio público.

VII
SOBRE LA LECTURA

Un aventurero pasivo solo se conservará bien si se alimenta abundantemente con la sustancia maravillosa de los libros.

Podemos afirmar que los libros de los grandes clásicos, que suelen reflejar el sentimiento general de una época, nada valen para nuestro hombre.

Será en la literatura que refleja las inquietudes, a veces poéticas, de los escritores sin gloria donde hallaremos los principios que sustentan la profunda inquietud que convierte al aventurero pasivo en alguien comparable a un paralítico que recitara cien veces al día la «Invitación al viaje» de Baudelaire.

Las obras de algunos autores contemporáneos contienen la clase de errores que ayudarán a mantener al aventurero pasivo en un feliz estado de exaltación literaria. Baste citar a Guillaume Apollinaire, cuya desordenada bodega contenía, entre harapos varios, infinidad de objetos valiosos; a André Salmon, que escribió *Prikaz*, la única novela de aventuras so-

ANDRÉ SALMON

PRIKAZ

Aux Editions de la Sirène
12, rue de la Boétie, Paris
MDCCCCXIX

bre la Revolución rusa; a Max Jacob, cuyas asociaciones de ideas son maravillosas cuando conocemos la palabra que ha puesto en marcha el mecanismo de la inteligencia. Estos libros son de fundamental importancia porque algo en ellos permanece inacabado y abierto. Esa característica, cultivada con arte, procura a los lectores una sensación de secreta audacia.

Otros no poseen esa cualidad, pero sí una fuerza contagiosa. Sólo citaré a franceses: Pierre Mille, Gilbert de Voisins, Blaise Cendrars, Bernard Combette y John Antoine Nau. Todos ellos supieron dominar el exotismo imprimiéndole su personalidad. Finalmente, a estas dos listas habría que añadir los nombres de Jules Romains y Fernand Fleuret, creador de Louvigné du Dézert, un aventurero que ocasionalmente recurre a los misterios del *blesquin*, la jerga de los quincalleros y los vendedores ambulantes.

A estos libros, y a otros de parecido interés literario cuyo título no me viene ahora mismo a la cabeza, el aventurero pasivo podrá agregar toda una colección de obritas que, sin ser de escritores de gran valía, tendrán para él un enorme interés.

Deberá dedicar algunas horas de su tiempo al estudio de las jergas de todos los países: una

Fernand Fleuret (1883-1945).

forma de erudición que no carece de encanto, como ya hemos dicho en un capítulo anterior.

A François Villon, considerado un aventurero, sólo se lo entiende con los documentos de Dijon, que contienen los rudimentos del *jobelin*. Algunas palabras tomadas de la declaración de Perrenet-le-Fournier permitieron a Pierre d'Alheim escribir una novela admirable: *La pasión del maestro François Villon*.

Veamos también, por ejemplo, este soneto de Claude Le Petit:

Amigos, han quemado al pobre Chausson,
el famoso pícaro del cabello rizado,
cuya virtud la muerte ha inmortalizado:
nadie murió nunca de manera más noble.

Cantó con alegría la canción lúgubre,
vistió sin palidecer la camisa almidonada,
y desde la pira ardiente de la hoguera encendida
miró a la muerte sin miedo y sin temblor.

En vano el confesor le rogó entre las llamas,
crucifijo en mano, que en su alma pensara:
tendido al pie del poste, por el fuego vencido,

al cielo volvió el infame su trasero inmundo
y, por morir como había vivido,
el culo mostró el villano a todo el mundo.

[Amis, on a brûlé le malheureux Chausson, | ce coquin si fameux à la tête frisée; | sa vertu par sa mort s'est immortalisée: | jamais on n'expira de plus noble façon. || Il chanta d'un air gai la lugubre chanson | et vêtit sans pâlir la chemise empesée, | et du bûcher ardent de la pile embrasée, | il regarda la mort sans crainte et sans frisson. || En vain son confesseur lui prêchoit dans la flamme, | le crucifix en main, de songer à son âme: | couché sous le poteau, quand le feu l'eut vaincu, || l'infâme vers le Ciel tourna sa croupe immonde; | et, pour mourir enfin comme il avait vécu, | il montra, le vilain, son cul à tout le monde.]

Este poema, pese a su final, es conmovedor. Parece ser que el tal Chausson era empleado en el Hôtel des Fermes, propiedad del rey, y sodomita notorio. Claude Le Petit habría de correr la misma suerte que él unos años después: fue estrangulado y quemado en la plaza de Grève, a los veintitrés años, por un poema impío.

Consideremos los elementos que el arte de nuestro aventurero precisa: tenemos a Chausson, con su cabello rizado, el pequeño café en el que buscaba a sus víctimas y a dos o tres hombres de letras: todo un ambiente de bohemia literaria al quc sc añade, para completar el cuadro, un suplicio particularmente prestigioso.

¡Qué novela! ¡Qué aventura!

No olvidemos que nuestro aventurero pasivo es un novelista más o menos consciente de serlo.

VIII

LA INUTILIDAD DE LOS VIAJES Y LA EXPERIENCIA DIRECTA

Un hombre cabal, si ama la aventura, nunca habla de lo que ha visto.

Un aventurero pasivo con buen gusto se guarda lo que ha visto por pudor.

Además, no hay que olvidar que la aventura está en la imaginación del que la busca. Se evapora entre las manos cuando creemos tenerla, y de nada sirve tenerla bien sujeta: es humo. Hay, pues, que cuidarse de alcanzar ese objetivo inexistente por las vías usuales.

Un aventurero pasivo es capaz de concebir de manera clara y distinta países de los que sólo conoce la ubicación geográfica.

El hombre que haya vivido realmente en Ca-

R. L. Stevenson, *La isla del tesoro*, «Ben Gunn finge ser el espíritu del capitán Flint» (ilustración de Louis Rhead).

racas no se atreverá a imaginar una gesta en ese escenario decepcionante.

Cuando escribió el conmovedor final del célebre capitán Flint, Stevenson ignoraba lo pintoresco de Savannah, cuya descripción real y concienzuda sólo le habría restado méritos a la personalidad del gran escritor escocés.

Siempre que pueda, el aventurero pasivo debe imponer su personalidad, a despecho del tema, la veracidad de los hechos y el escenario.

Los viajes, como la guerra, no valen nada cuando se realizan efectivamente. Es desaconsejable participar en esa clase de entretenimientos porque la verdadera belleza de la acción queda eclipsada por molestas realidades.

PROVECHO QUE UN AVENTURERO PASIVO PUEDE SACAR DE LOS VIAJES

Conversaciones variadas a modo de prolegómenos.

Pérdida de sensibilidad (partida, pañuelo, literatura).

Equipaje.

Mareo.

El aventurero es ordeñado como una vaca lechera.

El aventurero tiene mucho calor.

Suplicios que tienen que ver con la entomología.

Aburrimiento.

Repugnancia.

Esto suponiendo que el aventurero sea rico. Si la miseria agrava su caso, tengamos por seguro que el odio al país donde ha vivido le impedirá sacar de él otra cosa que onomatopeyas vulgares cuya enumeración no cabría en diez páginas de veinte líneas.

Los que han ido a la guerra y, por una vez, se han visto obligados a desempeñar un papel activo en esa funesta competición saben que un turno de guardia extra puede lograr que ciertos hombres pierdan todo interés en la vida, o al menos sientan que se están perdiendo la verdadera aventura.

Y no hablo del barro, que, en tales circunstancias, es un elemento noble.

IX

VIAJES QUE SE PUEDEN PERMITIR

Con todo, no es aconsejable (como tal vez tienda a pensar el lector) que el aventurero pasivo se limite a aislarse en una torre de marfil.

Esa actitud arrogante, aunque solemne, sólo conviene a un aventurero pasivo a partir de los cuarenta años, cuando puede empezar a alimentarse de su pasado o, mejor dicho, de lo que él se imagina que ha sido su pasado.

Es, pues, prudente viajar un poco escogiendo bien el destino.

Un buen aventurero pasivo debe alejarse lo menos posible de su lugar de trabajo, es decir, de su biblioteca. Sin embargo conviene que busque algunos puntos de referencia, simplemente para dar color y complejidad a una atmósfera inteligentemente viciada. Éstos son los viajes que puede emprender:

Un viaje a Bretaña con estancia corta y relativas incomodidades.

Una viaje a la costa mediterránea.

Un viaje a Holanda.

Algunas incursiones en los suburbios de París.

El viaje a Bretaña familiarizará a nuestro hombre con el mar y los marineros. Al mar no tiene por qué hacerle mucho caso, pues no es más que agua, pero sí ha de volver con la memoria cargada de expresiones marineras y canciones como ésta:

> No me acuerdo de mis padres
> ni de mis otros parientes
> cuando navego por el mar;
> ay, vamos, morena mía,
> a navegar.

O ésta:

> Soy capitán,
> soy capitán,
> de un barco inglés,
> de un barco inglés,
> y en cada puerto
> tengo una mujer.

O, por último, ésta:

> Adiós, adiós,
> mi dulce marinero.
> Adiós, adiós,
> ya sabes que te quiero.

Conocemos otras canciones, y no peores. Todas ellas enardecen al aventurero pasivo. Puede decirse que un aventurero pasivo es un cuaderno de canciones con diversas estampas y algunas reminiscencias latinas no expurgadas.

El viaje a la costa mediterránea es de menos provecho que la lectura de las memorias del señor Bouchard, el onanista.

Conviene, sin embargo, conocer Marsella.

Es una mina inagotable, un depósito de «colores locales» de primera calidad.

El «distrito rojo» es un tema infinito.

Algunas canciones de *nervis*, los chulos del lugar, completan el lote de accesorios que pueden usarse para imaginar sin peligro todo el Extremo Oriente.

Marsella, con todo, no debe desempeñar en la vida imaginaria de un aventurero pasivo más que un papel estrictamente episódico.

Holanda, en cambio, es como el viaje de fin de curso: Holanda es la tierra clásica de los hombres de aventuras y del misterio apacible.

El nombre de las ciudades suena bien. Resulta fácil asimilar el exotismo de ese país delicado hasta el más mínimo detalle. Holanda es una tierra disciplinada donde la imaginación del aventurero pasivo adquiere orden y elegancia.

Imaginemos, antes de dirigir nuestro navío a la joven América, que en La Esclusa hay una mocita que yace sobre una alfombra de hierba con su falda acampanada; que el molino, redondo como una torre, detiene sus aspas formando una cruz latina; que el comandante del puerto fuma su pipa de Gouda y bebe advokaat y que, como dice Max Elskamp, se ve «Flandes y el mar entre los árboles».

Con semejante espectáculo grabado en la memoria, el aventurero pasivo puede intentar la gran aventura sin que las mentiras que vaya acumulando en el camino comprometan jamás su dignidad.

X

CIUDADES QUE SE DEBEN VISITAR

Así como existen villas termales, hay ciudades de aventura cuya química resulta beneficiosa en algunos casos.

El nombre mismo de estas ciudades llena de evocaciones la mente de los aventureros pasivos.

NOMBRES DE CIUDADES QUE UN AVENTURERO PASIVO NO PUEDE MENOS QUE CONOCER

Amberes. Estudio detenido del Rit-Dyke (véase Georges Eekhoud).

Ruán y El Havre. Excelentes puntos de comparación; no olvidar los bares, cuyo número ha

Maurice Alhoy, *Los presidios: Rochefort* (1830),
«Celador» (ilustración de B. Rouget).

debido de crecer con la llegada de las tropas inglesas.

Honfleur. Pequeña ciudad pintoresca, ideal para el descanso de los aventureros; casas de estilo normando donde un aventurero activo puede acabar sus días decorosa y confortablemente. El fin de un aventurero en un rincón que ofrece «la pensión militar» como tema de fondo se cuenta entre los modelos más dignos del género.

Rochefort. Úsese con recuerdos de presidio (consúltese el libro de Maurice Alhoy).

El País Vasco tiene difícil empleo en la novela de aventuras, aunque buscando un poco podría hallarse un buen tema. Sin embargo, un aventurero pasivo que se precie debe considerar seriamente la gran aventura clásica entre Saint-Malo y Veracruz.

Florida está permitida por su especialidad en ahorcamientos. Savannah era la tierra prometida de los patíbulos a comienzos del siglo XVIII.

Alexandre Olivier Exquemelin, *Histoire des avanturiers qui se sont signalez dans les Indes* (*Piratas de la América*) (1678), frontispicio.

> En la costa de Texas,
> entre Mobile y Galveston, hay
> un gran jardín cuajado de rosas.

Así habla la Annie de Apollinaire. Y como Galveston y Caracas son ciudades relativamente vecinas, gracias a los detalles que nos da el poeta podemos ubicar en cualquiera de ellas un auténtico paraíso para las horcas patibularias hechas con madera vieja de fragata.

Para el aventurero pasivo, la Isla de la Tortuga es una perla rara en mitad de la mar océana.

Estaría bien escribir una guía de la Isla de la Tortuga siguiendo los mejores modelos. Todo aventurero pasivo debe volverse a ciertas horas del día hacia la Isla de la Tortuga, igual que el creyente se prosterna en dirección a la Meca.

Consúltese *Piratas de la América*, de Exquemelin, con su frontispicio, sus mapas y su retrato de un animal flácido con forma de cachalote.

XI
SOBRE LOS CABARETS

Mirad ese cangrejito color mantequilla rodeado de surcos profundos como olas cristalizadas: es un cabaret de la costa bretona. Los saqueadores de pecios, con sus linternas y sus bieldos para amontonar algas, van allí a beber sidra y ratafía. Las mozas salvajes (las más notables son de Auray) cantan endechas basadas en leyendas locales con el tono plañidero que suele adoptarse para celebrar musicalmente los asesinatos.

¡Oh, aventurero pasivo! ¡Rinde honores al cabaret bretón!

En el muelle se abre una callejuela oscura similar a una grieta en una montaña de hulla. En la esquina de esa calle hay una tienda pintada de rojo oscuro. En la puerta monta guardia un traje de buzo con casco de cobre y grandes ojos de grillo. En los escaparates vemos, todo mezclado, navajas con funda de cuero rojizo, pompones rojos de fantasía para los bonetes, cinturones de cuero para trenzar como pasatiempo, rollos de cuerda, un telescopio, un altavoz barnizado y silbatos para maestros de maniobra. Pero esta tienda no es nada comparada con la salita de techo bajo donde todo el día y gran parte de la noche un fonógrafo canta las memeces más conmovedoras de los cinco continentes. Una moza cuyo cabello de un rubio clarísimo delata un origen septentrional sirve las consumiciones y llama a los bebedores por su nombre. La mujer de la barra, el ama, es judía. Habla tres o cuatro idiomas. Su amante trabaja en una agencia marítima. Viste como una burguesa de la ciudad, pero hace unos días, en circunstancias misteriosas, apareció en su vestido azul una mancha de sangre que forma un redondel oscuro y comprometedor que el jabón no conseguirá sacar.

¡Rinde honores al cabaret del gran puerto, oh, aventurero pasivo!

Y no te olvides de la taberna del chino, donde sirven aguardiente de arroz a los caballeros de la Legión, los soldados anamitas con sus taparrabos rojos y los *nhaqués*. Es bueno saber que se puede fumar opio de monopolio estatal. El aventurero pasivo no debe olvidar el influjo del opio en algunos comparsas de sus invenciones.

En *La sirène hurle* [La sirena que aúlla] de René Bizet, las tripulaciones difuntas vuelven para correrse una juerga en el cabaret del puerto de una pequeña ciudad española. Un auténtico aventurero pasivo debe asimilar este libro, sacar provecho de él y transformarlo a su antojo.

Un auténtico aventurero pasivo debe acudir todas las noches, por la sola fuerza del pensamiento —uno de los raros medios de transporte que no son públicos—, a uno de estos cabarets, donde podrá conocer sin más ni más a algunos aventureros.

La importancia del cabaret en la novela de aventuras es capital. Me gustaría poder citar aquí las primeras páginas de *La isla del tesoro* de R. L. Stevenson. La atmósfera del libro queda establecida de golpe mediante la descripción de ese pérfido cabaret puesto como un mojón a la vera de un camino costero por

donde Pew, el pirata ciego, auténtica carroña, pasa turbando con su bastón el silencio nocturno del campo como en una de las pesadillas japonesas contadas por Lafcadio Hearn.

Lafcadio Hearn (1850-1904).

Y no olvidemos nunca, aventureros pasivos, compañeros de fatigas, que un crimen perpetrado en un cabaret tiene un sabor novelesco que jamás poseerá uno cometido en la vía pública.

La hora del crimen no tiene ninguna importancia en la novela de aventuras: ese detalle sólo puede interesar a los maniáticos de la relojería.

XII

SOBRE EL EROTISMO

En la mayoría de las novelas de aventuras es de buen tono desechar, o más exactamente pasar por alto, este aspecto de la vida interior de los aventureros.

Omisión lamentable debida a que en Francia, como en Inglaterra, la novela de aventuras es, inapropiadamente, sinónimo de «obra didáctica especialmente escrita para niños».

Este bonito género se ve así desacreditado. Basta con que a un escritor lo lean los niños y los colegiales para que pase a formar parte del grupo prácticamente anónimo de las niñeras universitarias.

Con todo, esta desgracia se compensa con grandes tiradas, lo que en general constituye un excelente bálsamo para las heridas del amor propio.

Es preciso que el aventurero pasivo invite a las mujeres —y no precisamente a las menos guapas— a pisar las islas desiertas de los náufragos varones.

Como atestiguan la mayoría de las novelas de aventuras, sobre aquellas islas no suele verse ni la sombra de una mujer.

Debemos suponer que tienen pocas ganas de relacionarse con individuos sin ropa y quizá sin prejuicios; el caso es que, entre los tesoros de quincallería que colman los barcos naufragados, nunca hay mujeres.

Pese a todo, sin querer convertir la novela de aventuras en un género filosófico al estilo de *Teresa filósofa*, sería fácil considerar la presencia de la mujer en una tierra inhóspita y desierta un regalo de la munificencia divina.

El aventurero pasivo, a fin de no repetir el error de tantos otros, deberá guardar en el lugar más recóndito de su memoria una serie de libros licenciosos cuidadosamente escogidos.

El erotismo ha de ser uno de los fundamentos de la novela de aventuras. No debe, cla-

Frontispicio y portadilla de *Thérèse philosophe* (*Teresa, filósofa*) (1748), la más famosa novela erótica francesa del siglo XVIII, atribuida a Jean-Baptiste de Boyer, marqués de Argens.

ro está, dominar el argumento, sino aparecer aquí y allá, como aparece en ciertos puntos la urdimbre de una prenda vieja. Una novela de aventuras siempre se asemeja a la ropa algo gastada: su tejido no puede ser nuevo porque la aventura ha desaparecido de nuestras vidas.

El aventurero pasivo vive en estrecho contacto con el pasado. Las aventuras modernas son químicas, explosivas y neciamente colectivas: ninguna de estas características puede aspirar a despertar el interés de un hombre hecho y derecho.

Incluir algún detalle erótico, por más casual que sea, hace más vívidos el relato y la atmósfera del libro, incluso si no tiene la menor relación con el argumento.

Andréa de Nerciat, con sus libros galantes, explica la Revolución francesa más eficazmente que Adolphe Thiers, por ejemplo.

Un novelista que pretenda seguir siendo un hombre a lo largo de todo el libro no puede desdeñar este tema. Esto último vale incluso más para las novelas de aventuras que para el resto de las novelas nacionales, que, si bien parecen particularmente atraídas por temas como el del adulterio, frecuentan un erotismo que rara vez supera el fetichismo de los aficionados a la lencería.

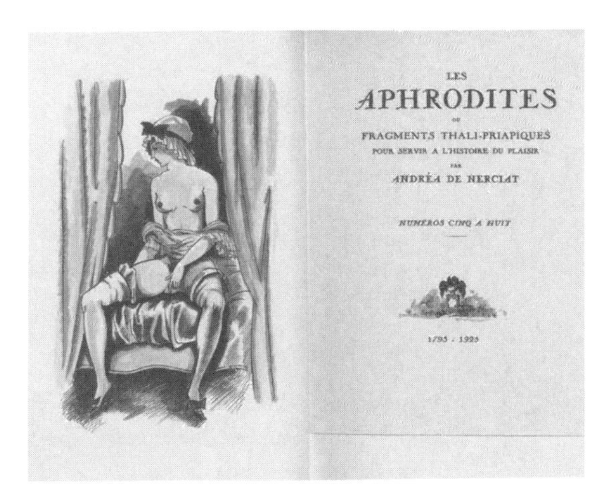
LES
APHRODITES
OU
FRAGMENTS THALI-PRIAPIQUES
POUR SERVIR A L'HISTOIRE DU PLAISIR
PAR
ANDRÉA DE NERCIAT

NUMÉROS CINQ A HUIT

1795 - 1925

Des Knaben Wunderhorn

Alte deutſche Lieder

L. Achim v. Arnim. Clemens Brentano.

Heidelberg, bey Mohr u. Zimmer.
Frankfurt bey J. C. B. Mohr
1806.

Achim von Arnim y Clemens Brentano, *Das Knaben Wunderhorn* (*El cuerno mágico de la juventud*) (1806).

El uso de motivos eróticos exige mucho tacto.

Los alemanes son maestros en este campo porque consiguen combinar armoniosamente esos elementos con la herencia fantástica de viejos narradores como Achim von Arnim. Es el caso de H. H. Ewers, el autor de la sorprendente *Mandrágora*.

Pero repitámoslo: no hay que exagerar. Es cuestión de medida. Una joven que, por seguir la moda, acortara su falda hasta dejarla del tamaño de un cinturón sólo destacaría por su memez.

El erotismo en la novela de aventuras debe ser un poco socarrón y plasmarse siempre con gran honestidad, sobre todo a la hora de escoger las palabras.

Por lo demás, el erotismo no está en las palabras, sino en la atmósfera de la novela, cualidad indefinible que, por sí sola, da al libro valor artístico.

Los conocedores estarán de acuerdo en que el tema de una novela de aventuras es menos importante que su forma.

XIII
SOBRE EL SUJETO AL QUE SE DEBE INSPIRAR

Nuestro aventurero pasivo tiene ya todas las claves que le permitirán explotar ventajosamente al sujeto (el aventurero activo) que tendrá la gloria de inspirar.

Éste es el gran momento, la apoteosis de la existencia de un aventurero pasivo: inspirar a un aventurero activo para que haga todas las tonterías que su mentor le proponga.

Escoger al actor de esta notable tragedia exige una gran perspicacia.

Hay que elegir a un mozo con rostro sanguíneo, ojos saltones, orejas de soplillo como velas latinas y los instintos imperiosos del hombre que rebosa salud.

Preparar el argumento que inspire al aventurero activo puede llevar tiempo.

Un individuo, aunque sea mediano de luces, no abandona su seguridad si no lo mueve una necesidad apremiante. En las tres cuartas partes de los casos, el motivo fundamental que empuja a la acción a los aventureros activos es la miseria con todas sus consecuencias, excelentes desde el punto de vista de la ambientación. (La ambientación es siempre importantísima.)

Escogeremos, pues, a un buen actor entre los muchos que, acuciados por el hambre, creen —aunque sea por un momento— que la aventura continúa siendo posible a estas alturas.

De hecho, estos poetas inconscientes existen aún en todas las clases sociales, aunque cada vez son menos.

La máquina ha reemplazado, en la imaginación de los jóvenes, a la luminosa atracción de las tierras vírgenes.

La tierra es una vieja prostituta: se vende en todas partes.

En cuanto a los misterios de la máquina, para dejarse descifrar seguirán exigiendo numerosos chivos expiatorios, víctimas del motor y de los pequeños defectos de fábrica.

XIV

RELACIÓN CON EL AVENTURERO ACTIVO

El aventurero pasivo ha encontrado a su personaje.

El próximo paso será inducirlo a realizar los proyectos urdidos en el silencio de un gabinete de trabajo.

Escribía yo hace unos años:[3]

«Todos hemos tratado, en cierto momento de nuestras vidas, a unas primas encantadoras asiduas a esos salones de provincias que huelen a rancio y a muebles de estilo Luis Felipe.

»Podían pertenecer a una familia de militares, de jueces, de médicos o de profesores universitarios. Todas eran, por lo demás, bastan-

[3] *La clique du Café Brebis* [La camarilla del café Brebis].

te comunes y corrientes, sin nada que pudiera sorprender a los psicólogos, y en sus recepciones todas sabían organizar juegos cuya inocencia sólo existía en el ánimo de sus padres, pues los hijos son siempre menos ilusos que quienes los han traído al mundo.

»Me acuerdo especialmente de un juego en el que participé y que consistía en dirigir a un miembro del grupo hacia un objeto previamente escondido por medio de sonidos que producíamos golpeando un vaso y que modificábamos según el jugador se acercaba o se alejaba del escondite. Es una de las situaciones más claras de pérdida de la dignidad que he visto en mi vida. En todo caso, con todas sus facultades pendientes de los sonidos que producía la llave al golpear el cristal del vaso, era inevitable que el buscador encontrara el pañuelo de Simone escondido en el jarrón chino —que por lo demás no pintaba nada en el asunto.

»El juego del vaso indicador no se olvida

con el tiempo. Según nuestro humor, y aprovechando la imaginación que la naturaleza nos ha dado, nos proveemos del vaso y de la llave y conducimos a otros hacia objetivos que nosotros mismos deseamos, aunque pasivamente.»

Un aventurero de raza y con hambre se convierte sin mayores dificultades en la víctima perfecta del juego del vaso conductor.

Por poco que el guía sepa infundir en su ánimo un asombro permanente, la cosa está hecha.

Un buen día, el aventurero activo, saturado de descripciones tan originales como falsas, se lanza a lo desconocido y desaparece durante un tiempo más o menos largo.

Luego, si la suerte no le ha sido adversa, vendrá a tendernos la mano de buena fe, pues todos los «camelos» (por emplear un término vulgar) del aventurero pasivo le parecen inocentes: la víctima no percibe la doblez que encierran. La mirada tranquila, la elocuencia y la erudición del seductor son garantías suficientes que nadie se atrevería a cuestionar.

También ocurre con frecuencia que el joven aventurero, así trabajado por su doble cerebral, ya no vuelve.

Pero ésa es otra historia o, mejor dicho, ésa es la coronación de la carrera del aventurero pasivo.

XV

SOBRE LA MUERTE DEL AVENTURERO ACTIVO

Este capítulo podría ilustrarse con algunos grabados de Daragnès porque se nutre de la imaginería característica de los espectáculos patibularios.

Jean-Gabriel Daragnès, ilustración para *Las flores del mal* de Charles Baudelaire (1917).

Una vez más nos vemos obligados a volver la vista atrás para constatar, apesadumbrados, que el hombre no ha cambiado mucho. Sucesos recientes demuestran que la reacción de la muchedumbre ante los espectáculos violentos y crueles es más o menos la misma que tenía la gente del siglo XVII.

Hace dos años asistí por casualidad (en Fráncfort, no lejos de la Börnerplatz), a un espectáculo de este tipo: en medio de un tremendo alboroto, varios agentes de policía sacrificaron en el altar de la justicia las partes pudendas de varias docenas de rufianes culpables de haber violado a una joven joyera.

La sensibilidad se pierde rápidamente ante esta clase de espectáculos crueles que se repiten cada día.

No tenemos motivos para creer que las señoras respetables, las bellas criadas, las burguesas y las tenderas que presenciaron con indiferencia el suplicio de Damiens ocupaban un peldaño más alto que el nuestro en la escala de la brutalidad humana.[4]

Sólo era cuestión de costumbre.

Los movimientos revolucionarios son temibles sea cual sea la edad de una civilización.

Lo que arrastra a las multitudes a ver ejecuciones en la plaza de la Grève es un furor erótico: las primeras víctimas de un movimiento revolucionario son siempre las mujeres elegantes, más aún que las jóvenes guapas.

Si hoy en día se generalizara la pérdida de la sensibilidad popular ante las ejecuciones capitales, los resultados serían desastrosos.

Ciertamente, la inmoralidad de tal disposición de ánimo, para que sea interesante LITERARIAMENTE, requiere una puesta en escena de un lujo y una potencia trágica que, por su

[4] Robert François Damiens (1715-1757) fue atormentado y ejecutado públicamente por intentar asesinar a Luis XV.

misma naturaleza, ya no responde a nuestros gustos. Sin embargo, el reciente fusilamiento de siete aventureros en Vincennes da nueva vida a esta tradición.[5] Por una vez, la prensa nos ha traído a las mientes aquella novela terrible de Leonid Andréyev: *Los siete ahorcados*.

No es necesario insistir en que la muerte de un aventurero rara vez es grata a la vista. Se necesitó una guerra para que Mata Hari, por ejemplo, se convirtiera en una figura comparable a los cinco o seis rufianes que pagaron muy caro el derecho a la inmoralidad de los de su clase. Con todo, los aventureros contemporáneos pueden elegir acabar su carrera como los antiguos piratas: en la punta de un mástil. El contrabando de armas en tiempos de guerra por mares

[5] Siete personas que, como la famosa Mata Hari, fueron acusadas de espiar para Alemania en la Primera Guerra Mundial y condenadas al fusilamiento.

lejanos tiene esta ventaja, si podemos darle ese nombre.

El fusilamiento es una muerte excepcional.

La guillotina es grotesca y fue diseñada para causar repugnancia.

Margaretha Geertruida Zelle, *Mata Hari*
(1876-1918).

El ahorcamiento, común entre los ingleses, carece de espectacularidad. Un ahorcado sólo vale literariamente por el escenario donde se balancea: colgar a un aventurero en un cuartucho, como es costumbre en las prisiones inglesas, no puede seducir a los candidatos a tal muerte.

Un ahorcado debe servir de noble ejemplo a toda una ciudad. El mar debe ser el último horizonte que sus ojos contemplen. Un cortejo de aves carroñeras ha de velar por él hasta la desaparición de su carne. Por la noche ha de poder vengarse de la humanidad haciendo que los campesinos, aterrorizados, galopen sintiéndose perseguidos por las llamas del infierno.

El valiente debe bendecir, cual obispo rural, a los malos mozos con sus pies oscilantes.

Una horca plantada en terreno propicio permite que nazca una mandrágora, fuente eterna de riquezas temporales. A su alrededor se prosternan los románticos, que saben reconocer los servicios prestados. El cielo se hace cómplice de la ceremonia y los iniciados levantan hacia él los brazos esperando los ridículos efectos de la magia negra.

Aventureros ahorcados, maleantes, granujas y gentes de mal vivir cuyo recuerdo se desparrama por las bibliotecas de las prisiones, ¡los escritores de novelas de aventuras os deben un poco de ese reconocimiento clandestino que el aventurero pasivo honorable ha de brindar siempre a quien ha realizado sus deseos!

Si tuviera que erigir una estatua al capitán Kid en la costa más árida del mundo moderno, pondría al pie del monumento la figura dulce y meditativa de Robert Louis Stevenson, el inmortal autor de *La isla del tesoro*.

XVI
FIN HABITUAL DEL AVENTURERO PASIVO

Al igual que los aventureros activos, los pasivos no suelen morir de viejos.

No oirán el tintineo dc las cadenas que el viento de alta mar agita, ni olerán el supremo aroma a yodo que despide la corbata de cáñamo; no verán iluminada por el sol la rueda donde han de descoyuntarles los miembros; las miras de los fusiles que apuntan al pecho no atestiguarán la dignidad de su actitud postrera: los aventureros pasivos mueren, como tanta gente, en su cama, en la vía pública o en el hospital.

Llegada la hora en que cada cual afronta sus culpas, pueden permitirse componer rápidamente una novela que nadie leerá. En ese minuto, me temo, el aventurero pasivo realiza su mejor obra, ¡y por una vez sin observar el juego desde lejos!

Pero no nos pongamos tristes hablando de remordimientos ahora que concluimos este manual. Un hombre, sea quien sea, que haya seguido siempre el impulso de sus instintos no puede tener remordimientos.

El caníbal no puede albergar dudas sobre el régimen alimentario que ha seguido toda su vida.

Por esta razón, el fin del aventurero pasivo debería estar exento de esos tormentos íntimos.

Pero todo esto corresponde a la vida privada, no a la literatura.

XVII
POSIBILIDAD

Ocurre a veces, aunque muy pocas, que un aventurero activo explotado por un aventurero pasivo vuelve de una larga aventura y muele a palos a su inspirador.

Es un caso desagradable, pero, repetimos, se da muy pocas veces. El aventurero activo es incapaz de juzgar su caso con tanta severidad.

Abril de 1920

ÍNDICE

Esta primera edición
DEL
«Breve manual del
perfecto aventurero» de Pierre Mac Orlan
se terminó de imprimir en la ciudad de
BARCELONA, ESPAÑA, EN JUNIO DE
2017

ALIOS · VIDI
VENTOS · ALIASQVE
PROCELLAS